無聲的催眠

詹佳鑫 著

—好評推薦語—

不管題材嚴肅或溫馨，佳鑫的語言永遠自然，情感永遠懇切，甚至無懼袒露自身的脆弱。他最絕望的控訴也蘊含「對話式」的平和；這不喧嘩的文字顯示的，除了性情，或許更是自信。

詩呈現心靈。詩不撒謊。佳鑫對社會正義的疑慮、對弱勢的悲憫，是超齡的；他的批判溫和卻堅決，常用感性語言描繪冷酷細節——是細節，不是論述，最具說服力，而細節來自同情的觀察、體會。佳鑫的眼睛經常往外探望。他的視野讓他的詩有一種時空無隔、人我無分的諧和感；這視野，我相信，也將使他的詩路愈見寬廣。

——**陳育虹**（詩人）

二〇一四年詹佳鑫發表〈錯覺的旁邊〉，以轟然爆裂的意象反射

「死神的眼睛」；以「錯覺」一語暗示驚惶不捨的心情；用「隱形的管線」喻指人們相互連結的義氣。這樣的詩，超越時事實景（高雄氣爆事件），更能與讀者進行深刻的對話。我於是開始特別留意這位出生於一九九〇年代的代表詩人，此時，距離他最初寫詩，大約五年。

二〇一七年，詹佳鑫榮獲第一屆「周夢蝶詩獎」，籌畫首部詩集，我有緣展讀他更多詩篇，深感他對情愛的思索細膩，擅於體貼語言的悲喜、聲音的低昂，表達冰山下的隱痛；同時關切遠近社會議題，深入他所思想的核心。

在一個訊息傳播快速的年代，佳鑫鍛鍊心物合一的情懷，不追逐花招，打的是有內功暗勁的實拳。〈變色龍畫家〉、〈心的暗室〉、〈鳶尾花〉、〈邀請函：雨滴的旅行〉，都令人讚嘆，值得優先閱讀。

——**陳義芝**（詩人、國立臺灣師範大學國文系教授）

此詩集長於抒情，描寫細膩，頗能感人。書寫面向寬廣，輯一書寫人，輯二抒發愛情，輯三描繪物，輯四以時事為題材，作者關心私我與社會，內心與外界，面面俱到。全書甚具系統，非雜湊成書也。

下筆輕淡，不耍技巧，但力道十足。語言乾淨，句子精煉，然深沉有味，發人深省。節奏之經營，亦有可取者，例如句子斷與連，切割與分行，大多慮及韻律。押韻自然活潑，無斧鑿之弊、板滯之疵。

——**渡也**（詩人、國立中興大學中國文學系教授）

詹佳鑫在很年輕時候就展現了非常成熟的詩藝，他總能以最深邃的眼光凝視世界的變幻，洞察人情之幽微。《無聲的催眠》整本詩集有一種優雅的質地，那是因為佳鑫能夠巧妙調節自己敘述的語氣，形成了特別迷人的腔調。他不動聲色地勾勒家庭裡的倫理難題，讓畫面與聲音透露一切，說與不說之間滿是張力。此外，他反思自身的遭遇，以淡而有味的筆觸描繪生活中的悲喜。我喜歡佳鑫作品的澄澈乾淨，在簡單的話語中傾付了美好的情感體系。

——**凌性傑**（詩人、建國中學國文科教師）

佳鑫的詩和他的人一樣，溫柔，卻有一種深刻的堅強。生活的挫折磨難從不休止：親情可以是長期的耗蝕，也可能展現為劇烈的碰撞；自我或許是迷失待尋的他者，有時卻也是抹除了形軀的空洞存在。情愛因失落而甜美，社會充斥各種傷害與關懷。在佳鑫的筆下，它們以奇異的方式共融並存，化為詩情與意象。即使他總在詩裡自稱微小，但那已是一個逐漸成形的世界了。

——**吳岱穎**（詩人、建國中學國文科教師）

—推薦序—

全宇宙都安靜了

李蘋芬

「本來相約他在海邊山盟海誓／卻找錯地方來到一個游泳池／滿眼湖水藍的美麗／你我就從那裡開始／藍色的漣漪鋪展一段回憶」。柔和光球旋轉的KTV包廂裡，佳鑫選了這首王菲演唱、林夕填詞的〈美錯〉。清澈泳池與藍色回憶，幻美錯誤的偶遇、沉溺、辨認和（不可能的）抽身旁觀，宛然他以詩築造的宇宙。

對我來說，佳鑫身上無疑蘊藏少年與少女兩種靈魂，他寫詩總有一股難掩的鋒芒——那來自長時鍛鍊而來的自信，如少年血氣，果敢奔跑、試探；同時因他澄淨良善的心性，情感思維畢竟是貼近愛的，帶著少女式纖細，甜蜜，傷感。這二種質素，折射為他詩中迷人的光澤。

輯錄由青春期擺渡至成年階段的詩作，我們終於盼到他的第一本詩集《無聲的催眠》。二〇一五年秋天，我初識佳鑫，他總莫名挾著歡悅、正向的氣氛。課間我們晃悠到便利商店，我老是想像他買了草莓巧克力之屬，真要細數已不確定。但我知道，燦爛笑容佔其表情之最多數，在社群媒體上尤為凸顯。熟稔後，明白他是隨身、隨時上演內心小劇場的人，而且感染力很強──瘋狂有時，耽美有時，使人隨他笑鬧、又一同憂愁低吟。

然而，在詩的安靜宇宙，他時常將自身「旋轉成一顆獨立的星球」（〈車輪餅的旅行〉）。寂寥的世界內部，佳鑫透過豐沛意象，羅織成圓熟的外部象徵系統：「意念如塵埃飄飛／旋轉成一個完足的星系」（〈地下室的宇宙〉）。孤獨自轉的星，是詩的主旋律之一，諸如「你看見我了嗎／千萬年後，黑暗的冰原底下／有一座安靜的活火山」（〈心的暗室〉）；「讓我學會隱藏，用緘默／彩繪一雙他人的眼光」（〈變色龍畫家〉）。他隱匿於暗影，透視埋伏在自我及他人內心的未來地震；或者「當影子滑過一天又一天／我會繼續和地磚說話／用那種只有自己懂得的語言」（〈剩下〉）。彷彿在陸地仰望天空的人，錯以為宇宙充滿絢麗星系與未知的蓬勃生物圈，詩人則是黑暗中的漫遊者，漂流在不被理解與渴欲傾訴之間。

佳鑫的詩常以源源不斷的奇思異想，從極為平常的物象、世情中探掘意義，一如將星辰連成星座，並賦予情節和寓意。〈未封情書〉第一節是這樣開始的：

全宇宙都安靜了
只看見雨變成一千種冒號
下在虛構的小鎮

——〈未封情書〉

在詩的宇宙，故事揭幕，始於靜謐描繪。但他顯然不溺於背景虛設和宏偉事物的初步創造，儘管，這幾乎是詩人們探索詩藝的起步姿勢。這首詩終於一股內在湧現的不安，使飽滿的情意，洩露出孔洞，並從中悟出對人事、自我和現實的幽微體會。它們是美麗的錯誤，啟動詩人吟唱的起音：

背對背，用一首冷的情歌
在啟程之前留下擁抱的傷痕
訊號都是錯的
轉角只是一盞熄滅的路燈

若詩是一張臉，佳鑫的詩便如其人，清秀明朗。他的詩往往以豐美詞彙為鷹架，架構起來卻能保持清晰分明，自有秩序，不顯蕪雜：

滾落枝葉如敲打鍵盤，也許引來群蛙低鳴、
小鹿分心，此刻交換誠實的眼神
岩石上一隻蛞蝓留下山林的指紋

——〈邀請函：雨滴的旅行〉

仍未有所感應。記憶在此游離皮囊

斑白且易於脫落；我想要的
總難以盈握手中——身猶天
音即義，在反覆牽引且
隱隱痠疼的脊椎深處，因輕微一震
傳來宇宙諧謔的喀喀之聲

——〈在復健室〉

青春詩作，雖偶有「用力」過深的敲打跡象，其初心卻是對詩的絕對企求，字詞與詩篇佈局上的偏執。他的詩，偶爾還讓人想起楊牧或羅智成。同為寫詩的人，我羨慕他狀若行雲的意念興發，這些意念都能以完整的形象呈現，且少有躁進或隱晦之弊。亦可見他對社會現實的關懷，處理無可迴避的公理與正義的問題：

其實我們都在跨越邊界：
探問真正的死亡，追尋
永恆的公正、依賴與信仰

你們緊緊地閉上眼睛，無語掙扎
我不忍直視，卻又不得不凝視

——〈如果我們都不再挨餓〉

「邊界」似乎是這一系列詩作的問題核心，〈祕密廁所〉描摹暴力環境下的玫瑰少年，以跨越邊界的「歧義的身體」為引，解構僵固的現實；〈今晚我躺在鐵軌〉寫被迫失業的勞工臥軌抗爭，將己身橫倒在生死邊界。這些議題，他寫來不慍不火，批判而不落憎憤，哀憫卻不致淚水漕然。

最後，不得不提詩集內我偏愛的幾首短詩，例如〈找〉：「閉上眼／我是彩虹隊伍中／一枚透明的骨牌向愛跌倒」；〈夜登象山〉：「電梯升降，開啟夢的房間／你是一隻輕盈的大象／睡在我緩緩上升的指尖」，構想饒富新意，此二首更在短製內裝載彷彿能無限循環重播而不膩的動態表演。又如〈金針花〉、〈冰淇淋小情歌〉和〈浴室五帖〉的短節集成，或許是《無聲的催眠》宇宙中曖曖的星，卻能表白他更質樸、簡單的一面。

午後的暗室，〈美錯〉還在進行，獨唱時，佳鑫屈起膝蓋環抱胸前，如他曾寫下的詩句：「似夢非夢，蜷曲四肢我卸下偽裝」（〈變色龍畫家〉）。儘管隨著時日，小劇場的腳本會益發蓬勃、離奇，新的少年少女紛紛誤入游泳池，他的詩仍會帶我們漫遊到更遠的地方吧。

◎李蘋芬，初夏生，寫字讀詩的人，現為台大中文所碩士生。

目次

輯二　冰淇淋小情歌

輯三　物事

輯四　今晚我躺在鐵軌

輯一

無聲的催眠

車輪餅的旅行

奶黃色的晨光攪拌思緒
意念如麵糊尚未成形
我的夢是一張圓形的烤盤，逆時針
旋轉呀旋轉，升溫而暈眩——
今天，我是城市裡一枚
逃逸的車輪（沒有齒輪
嵌合的義務）我有自信的輪廓不會生鏽
無須軌道通往文明的目標

旋身閃過鞋跟的踢踏閃過
慣性失控的情感交通
在旋轉門與謊言的縫隙之間，幾枚車輪
被夾到露餡：紅豆，奶油

紫芋泥，像昨晚溢出的甜軟夢囈
哀悼那過度填充的自己

午後，我以曖昧的彎弧繞過
命令的矩陣，靈感全勤跳出表格
滑離辦公桌，拒絕重新整理
無須苦守臉書團購、拼湊密碼
只為註冊一個舊的身分

一座摩天輪無聲俯視
縮小的YouBike、嬰兒車、輪椅以及
死神附身的卡車輪胎，日復一日
同伴們默默超載，背負命運承諾而我
載著自己，不攜帶貴重物品
車輪是最輕的行李

我用顛倒的視線逆轉時間
天空有車流緩慢倒退，雲朵是足跡
風景有自己的地址——我滾動
旋轉成一顆獨立的星球

一隻變色龍的末日手札

我蹲踞在窗台一角
預言混著雨聲越來越近

這從來就不是座城市
街燈照亮了雨林的疲懶與潮濕
彷彿世界不再願意傾聽那些
愛與不愛、存活或離開

這樣的孤獨這樣的夜晚
電話線如一條糾結的柔軟藤蔓，我能不能
偷偷地告訴我的家人、朋友和金魚S：
準備好自己的糧食，什麼都不會剩下了
告別每一個虛偽的場景

告訴自己，現在就可以逃離

雨會停嗎
這麼多人還在水裡行走哭喊
我要召集所有同伴，佔領每一幢高樓頂端
唉，在這樣的高度這樣文明的棲地
我只能安靜地等待一切消退，等待
記憶一一歸位

如果陽光能再度降臨，如果雨停
我將祈禱一面乾淨的倒影，告訴你
世界從來就不需要這麼多顏色

變色龍畫家

城市雨停，踩過水窪
倒影破碎搖晃，預言尚未成真
生活是一塊巨大的調色盤
讓我漸漸失去顏色

讓我學會隱藏，用緘默
彩繪一雙他人的眼光
彷彿色盲，在一列下潛的捷運車廂
面對黑暗，終於看見疲憊的模樣

我有美麗的鱗片逆向生長
無人知曉，無人撫觸

總在夢裡翻身時被悄悄割傷
醒來還有防衛的指爪

能再次握住畫筆嗎
日復一日，隱形的手紛紛握住了我
無數監視器來自不同時空
共組唯一形象，門窗關上了自己
沒有一台灰色電梯
允許升降與徬徨……

我無法在夢想的雨林跳躍擺盪
卻看見每一汪水窪裡
文明的倒影啊日新又新
絢爛短暫，一枝畫筆走走停停
還不願輕易放棄——

畫一朵白雲飄過藍綠島嶼
山風海雨包圍了黑色核心
畫許多便宜的房子裝上正義的窗
向外呼喊不再緘默與隱藏例如
畫一條黃絲帶繫上遙遠的傘
一道彩虹橋通往未來的家……

再畫一枝筆，請它完成
無數個畫中作畫的自己

曲折反射，疊合加成
當我回視顏色的軌跡
能否發現最初的眼睛無染透明？
收起畫筆，鱗片裡一場睡眠
安靜而遙遠，一座雨林守護重生的預言
似夢非夢，蜷曲四肢我卸下偽裝

卸下光影，那真實的無色之色
我願意用一生去看見……

馬賽克尋人啟事

我以為你會回到台北車站
在我們熟悉的廣場或補習班
等我，向我說明失蹤的經過
燈光漸暗，人聲開始沸騰
我努力回想你的習慣與特徵
卻只記得你漫遊在誠品、唱片行或星巴克
假裝從容，並學會欺騙、逃避

我跟隨眾人穿越斑馬線
前往未知的目的地，我以為
你就在那裡
在你曾去過而我從未抵達的地方
向他人學習本能

難以躲避高樓錯落的陰影
憂傷交疊著憂傷，身體擦撞
（我能這樣遇見你嗎）
夜晚的高潮時刻，喇叭轟鳴
霓虹閃爍，適應相似但不同的體溫
感覺城市迷濛且必要的光與熱
緩緩擴散在每一具冰冷的軀殼

我記得你的真戲假作，你的執著
總在意識紅燈時閉眼旋轉
逼迫自己不斷前進，失去方向
總用愉悅的神情告訴別人：我很好
卻忘了告訴自己

呼喊你（只要你的聯絡方式，無關乎
失蹤地點與日期）報紙、尋人網站紛紛無效
我只能仔細地對照，我們之間相同的部分
排除虛構成分，重回生活本身
調慢日常事物播放的速度
指認身旁逼真的配音

「你在哪裡？」如果我能找到你
（或你發現你自己）我要給你
一張紙和一枝筆，作為承諾的賞金
可我已經疲於找尋——
最終我還是得繞回原路
沿途數著一盞盞希望的路燈
重複張貼打有馬賽克的尋人啟事……

兩年後的馬賽克尋人啟事

——初任第十屆台積電青年學生文學獎決審記錄

「找到失蹤的人了嗎……」此刻
我已遠離台北車站，遠離廣場
和補習班，那些曾被穿越的斑馬線
不約而同，以行者的意志
帶我前往同一個房間

失蹤者尚未尋獲，尋人啟事
早已潛入這恆涼時空
光潔的桌上，幾雙眼睛探入混沌
輕輕卸下了馬賽克。一如此刻
有思緒穿越濃霧，離開各自的枕被
與更多陌生的夢境相會（一旦聯絡

便顯得遙遠）練習用熟悉的口音
創造歧異，歧異是讓一切有路可退
回到最初的失蹤日期，發現自己：
「能夠前進是因不曾離開……」

是這樣的一種流浪
那些無法重現的瞬間，因為無形
而更顯清晰，像迷路而湧現的風景
像忘了的那一個字

那一個句子，在路燈亮起的時候
用自己的邏輯給出線索，學會轉彎
讓世界擁有更多勇敢的光、
柔軟的影，有一條長長的斑馬線
繼續通往祕密的房間

吹泡泡

告訴我要如何吹一顆泡泡而
不會破裂，不會隨風飄移
告訴我，需要多少的浮力才能
飛離夢境，不再反映現實的臉色

一顆小小卻包裹著希望的泡泡啊
被逼真的笑聲與哭聲包裹
當世界不斷播放著狂喜與恐懼
我們能否就住在泡泡裡

在復健室

我的身體是一座
待修的文明，因為過度使用
終而體現多餘的意義
瞑昧之際它領我至此，讓我看見
健康的儀器如何延長時間於類似
的鋼筋鐵骨排列移位而生成之奇異黑洞

呼息成風，思想是體內的河流
電之熱之，隔著皮肉仍難以啟動
一個渺小精密的生態
在我長期困守的靜默裡，列星隨旋
日月遞炤，陰陽大化於
怦怦跳響的黑暗之心

仍未有所感應。記憶在此游離皮囊
斑白且易於脫落；我想要的
總難以盈握手中——身猶天
音即義，在反覆牽引且
隱隱痠疼的脊椎深處，因輕微一震
傳來宇宙諧謔的喀喀之聲

透明人

一把傘飄浮半空，一雙鞋
複印昨日路線
祕密過剩就用耳機隔絕
輸入大眾情歌好讓我維持體溫

握緊拉環，有禮地錯開彼此眼神
在城市地底，隱約幾張臉倒映車窗
晦暗扁平，比不上通訊軟體裡
用金幣買來的逼真表情

還為了形體而煩惱嗎
孩童、孕婦、老人以及

行動不便者，在簡化的圖示上
坐成了同一個靈魂

一個隱形的人如我在
二輪的電影院，我知道每個空位
都已被聲光填滿，散場之後
虛空裡有眼淚的痕跡

像水龍頭流出夢囈
碗盤懸空清洗自己
日復一日默劇重播上演
睡前台詞我們喃喃默唸：一日之計
在於熬夜，每一顆迷路的雨滴都是一隻
失溫的眼睛，為了更飽滿的明天

不讓枕頭凹陷
不讓自己現出原形

沉重而透明，在反覆上映的夢境裡
恍惚接上逆反的通道——我要逃離
我要加入整個宇宙的萬千鬼魅
咻咻飛越色彩與形體的輪迴

台北車站教我的事

往新店的還剩兩分五十秒，往淡水
還有一分鐘。旅客們紛紛湧向
他人的命運；無數雙鞋各自踩過
陌生人踩過的熟悉囈語

車站的脈搏沉默跳動
傳送著告別的姿勢、分手的
意志。當我在電扶梯上喘氣狂奔
便引發了遠方的小小地震
有人在出口離情依依
有人只在乎借過和對不起

生命在此輕易地擦身碰撞，相遇
而復逃亡。在轉角等待一張臉出現
凝視手錶，分針與秒針隱隱重疊
錯置在一萬張臉碰面的瞬間

地下室的宇宙

——致建中紅樓詩社

「如何透過一扇窗，看見世界
同時看見自己的倒影？」當白日將盡
遙遠的星辰無聲運行著宇宙秩序
我不知道自己如何來到這裡——
在科學館地下室一張
非科學的桌上，意念如塵埃飄飛
旋轉成一個完足的星系
萬物從此開始，燃燒時間
聚合意義，如一粒在幽暗天地中
用完即丟棄的打火機……

密閉的社辦裡我聽見
風景No. 2的海浪如何
翻湧在唇齒之間，觀音如何
與罌粟各安其位，暗自交換
一種必要的曲折語言——
若我提筆，我將以此靠近真相
像一顆星星脫離常軌，掉入黑洞
依然努力守護著光

真空的身體渴望共鳴，但世界
從不期待我們聆聽自己
當我練習發音，朗誦字句的悲喜陰晴我看見
一顆流星穿越層層表象，忽隱
忽現，往下照亮一段階梯一扇窗
一枝筆輕輕搖晃，指揮腳印
前往宇宙的詩之核心……

小記：

紅樓詩社位於建中科學館地下室，首句節錄自吳岱穎老師之社課筆記；此詩改用了一些詩句：陳黎《小宇宙：現代俳句一百首》之〈86〉、林亨泰〈風景No.2〉、瘂弦〈如歌的行板〉。

控制

——記十七歲父子衝突

屏息之後
你摔壞了一張椅子

是否有什麼正悄悄播放
自遠而近，娃兒的哭聲疊著
腳步聲，走進青春無懼的吶喊

我感覺有些記憶正用力擴張
微微顫顫，陌生的音階堆著音階
就是現在我們比誰都懂得
裸裎，或是心機地遺忘

房間裡，兩個人守著兩塊瓷磚
彷彿只要凝視就能固定所有姿態

事物改變得如此快速，我們
在夢境裡相互追逐卻終究背叛
清醒然後昏睡，昏睡後再昏睡
從你口中吐出的囈語竟字字逼真
此刻，日光燈將兩張臉越照越白
影子越來越暗

就這樣靜靜地等待一切歸零，等待
一陣輕微突來的抽搐而這竟是
這一生你對我最溫柔嚴厲的控制

乒乓練習

——記十八歲父子對談

一直想和你打場乒乓
藍色的桌啊藍色的夢
頭頂有刺眼的白光（旁觀的眼光）
我們各自踩著移動的黑影
左腳往前，手臂彎曲作內旋
（試探性觸網，失誤出界）
你的攻擊傳統卻華麗，削球
扣殺，而我只能慣性地來回封擋
（被動回擊，四起的噓聲或囈語）

一顆凝聚著現實與夢想的小球啊
重擊桌面，險敲邊線

（我能這樣說服你嗎）

你慣用所謂的完美姿勢：
微蹲馬步，滑步，再大跨步
有那麼一刻，我感覺我的青春
是你的苦悶；思想的光影移動交錯
我曾試著再次生活，在你的眼中
凝視現實漸漸斑駁的規則。然而
微笑，哭泣，乒乒乓乓，依然要練習
練習反擊、防禦，在那平凡深邃的夢境裡

小小病房

小小病房在城市之上
一面玻璃牆，靜靜映著文明的燈光
我小心為你翻身、擦拭
怕震搖了夢中的三合院——
在那裡，蟬聲篩落故事細節，輕輕
暈染成你皮膚上的點點黑影。奶奶
我還記得，絲瓜藤如何奮力地爬上鐵架
如何溫柔地纏繞鏽斑，並且開花

掛上點滴袋，雨水說來就來
綿長細密，流進夢與現實的縫隙
奶奶，我在你朦朧的眼裡看見
稻田綿延，看見自己蹲在田裡

與你收割生命的豐實和芳馨
我回到童年的廚房
為你端來白粥、豆腐乳和醃黃瓜
吃飽了，便能繼續為大地歌唱

睡意鼓動風帆，我在年少的此端
輕聲呼喚，你搭上淺綠色小船
垂釣偶然與必然，那些未及實現的承諾
無分輕重，安穩地被歲月包裹、密封
我划動雙槳，看著你逐漸縮小
彷彿躺回最初的搖籃。囈語呢喃
忽明忽暗，銀河漂來古老的瓶中信：
「無所謂愛恨悲喜、疼痛或猶豫
我們在彼此的生命裡航行」

奶奶，你是否看見
絲瓜藤繞過鐵架，撐起了小小病房
月光穿越層層記憶，無色無形
輕輕貼上我們的心……

無聲的催眠

母親的耳朵越來越小，漸漸聾了
早晨，她煮一鍋白白的粥
喃喃自語，找不到合適的調味料
掩蓋昨晚過鹹的惡夢

然後至信箱收取報紙，看著晨間新聞
告訴我今日頭條、天氣與商家優惠
儘管我沒有要出門

十一點，母親從市場買回一株仙人掌，她說
抗輻射。而我始終被多刺的生活所螫
母親不知，只問我有沒有吃好、睡好

母親早睡早醒，而我晏起晏眠
她提醒我做夢小心，有時糾正我的夢囈
直到我們掉入各自的時差

總是這樣，在我日常必要的發言裡
彷彿母親只聽見自己的回應，窸窸窣窣
像一台生塵的音樂盒，但我已不再調音

終究我還是走到能自己唱歌的年紀
早晨，依然明亮而安靜
母親坐在餐桌對面，聽我說話
像一場無聲的催眠

輯二

冰淇淋小情歌

早晨遇見一顆蘋果

早晨遇見一顆蘋果，在餐桌
睡意尚濃，藉此交換了彼此的夢
想像自己穿越時空
重回樹梢，一次墜落便讓我
發現了痛

世界送來光亮與敵意
睜開眼睛，看見你身上早已
缺了一口。傷口不會說話
一個晚上靜靜發黃
沒有結痂

你還在夢裡嗎
要游過多少記憶才能回到
溫暖的羊水
在傷口撒鹽，會不會讓你
好一些

生活是不斷地練習轉身，至少有蠟
可以抵抗氧化。此刻
還是躲進小小的種子吧
儘管發芽，也可以選擇
不再開花

想像此刻我已抵達你的夢

想像此刻我已抵達你的夢
像海浪越過每一個時區
看過每一顆星星
在淡水河邊撈走了足印

為了讓全新的事物發芽
水筆仔紛紛掉落，垂直
插入彼此心裡柔軟的謊言
在黑暗中緩慢成長
不讓對方看見

大海包裹過往的笑聲與哭聲
我趁著退潮時分，撿拾貝殼

盜走證據。封緊可疑的聲音
每晚在夢裡
逐一過濾

心的暗室

你看見我了嗎
迎著光，你的影子無聲蔓延
爬向城市的每一層梯階

我曾規劃街區走向
讓迷失的話語回到
自己的夢鄉。我依循舊日地址
沿途只遇見更多
熒熒鬼火落居於此
霧中電梯放棄升降，遙遠的你啊
是否有一扇發亮的窗？

此刻未醒，沒有五官的人紛紛
走過監視器。我在無人知曉的死巷底
寫一封無須署名的信，放入胸口
往下進入更深的迷宮尋找
新的暗示，不讓鎖匠取代鑰匙

你的影子持續擴大，在外頭
籠罩全新的故事和信仰
是你教我隱藏，在純粹的寂寞裡
反覆將意志鍛煉成鋼
星辰旋轉啊神鬼輪迴
誰為我留下一扇
未關的門扉？

你看見我了嗎
千萬年後，黑暗的冰原底下
有一座安靜的活火山

我該如何想起你

我該如何想起你
一個簡單的問題
變成一本潮濕發皺的日記
下午，電視喧嚷著颱風的最新消息
哪些路樹不支倒地哪些螺帽因冷漠
而鬆動剝離，哪裡
傳出災情，需要記憶支援

我該如何想起你
也許要派一百架直升機
飛進你的眼睛，拯救我的倒影、
過往清澈的祕密。承諾就此
比雲還輕，比謊言灰暗沉重

我依然被困在城裡。看著天空
一片雲聚集了更多雲，更多
未成形的囈語，像異常準確的天氣預報：
「明日將降下一千種冒號，如欲出門
請攜帶雨具，並適時給予善意的回應……」

此刻，我已經遺失想像
遺失食慾和信箱。但別擔心
我會封好所有門窗，臥倒沙發
默數屋頂上的每一滴雨
直到不再對自己發布警報

在世界傾斜之前

在世界傾斜之前
我要學會如何擁抱、如何拒絕
學會聽見那些跳動的愛
好為前世紀的寂寞命名

在聲音的大海上
我們曾有一個名字
卻用了一千種悖反的語言
偽造無聲的革命史

太難了，用符號告別時間
空間，還有那些遙遠的情歌
在世界傾斜之前

我要學會閱讀整個小鎮
記住細瑣的聲音
以及一種假睡的姿勢

在夢境傾斜之前
留下兩個回憶的鎖孔
而我們不再需要鑰匙

未封情書

全宇宙都安靜了
只看見雨變成一千種冒號
下在虛構的小鎮

沒有美夢需要快門
孤獨永恆無需顏色
我攤開潮濕的地圖
廢墟裡影子跳舞
一個個出走而迷路

背對背，用一首冷的情歌
在啟程之前留下擁抱的傷痕

訊號都是錯的
轉角只是一盞熄滅的路燈

駕訓場

這是再也進不去的
縮小版的初戀地圖
我曾是一台慢車依你的標記
倒退，停靠，顛簸前進
默念S型彎道口訣如背誦
曲折而失效的咒語
假裝變換車道，試探安全距離
讓透明的行人穿越你我之間
煞車，小心壓線，啊久久不願
打出方向燈，全世界奔跑的小綠人
站立原地
我還在你夢中的駕訓場反覆練習

最後一堂羽球課

儘管我手腕靈活
技巧多樣，正拍、反拍
守住全場
你眼神的落點依然
高遠、飄逸，難以回擊

交換分心的場地
收回假動作
想像自己羽化成球
在你眼前虔誠降落

那些未被識破的戰術
神聖且無辜

當鐘聲響徹操場，鳳凰花開
我的心裡蟬聲嘹亮——
網後的時光啊輕如羽毛
偶然回望
原來你已給了我一雙翅膀

佔位

夏日午後，雷聲佔領蟬聲
雨水從後方門縫滲了進來
閃電照亮你鞋子的顏色

期待每次能順利
記住更多你的細節：
髮型、眼鏡、考卷的名字
教室總是大風吹

吹不散我堅強的視線穿過青春期
穿過飛雨電光來到這裡
不想放棄，假裝無事

整個星期只有此刻認真考慮：
筆記還是空水瓶？

不要佔領，不要貪心
太平洋上醞釀著小小風暴
你順著預知的路徑緩緩前來
我在高溫的思緒裡原地打轉
不至於氾濫成災

會越來越強壯嗎
暈眩之中擴大欲望的版圖
增強速度，吸納猶豫的水氣
曲折跟蹤，降下暴雨……

不要佔領，就在旁邊
一個發光的小小座位

雷陣雨來了就走
輕輕的蟬鳴，不要忘記

終究還是如此小心
從來不在位子上的我
看著夏天穿好鞋子又要走了
在可能的水氣相遇之前
我們是兩圈
接近卻擦身的颱風眼

告白

濃霧在上，流星在下
你是一條粉紅繩索，勾我在
夢的邊緣高空彈跳

城市夜遊

路燈亮起的時候
並肩行走，像兩把不同的鑰匙
在同一串鑰匙圈裡
發出只有彼此懂得的聲音

晚風吹走了多餘場景
方向因你而變得簡單
灰色馬路上有許多彩色的人
等待永恆的綠燈

彷彿趕往一場電影，用鈔票
買那些只在夢裡發生的劇情

我們帶走笑聲或眼淚
剩下的留給演員

然後搭乘摩天輪
像日子安穩地上升、下降
眺望了遠方又回到原點，無須抵達
此刻有圓滿的月光

用你的鑰匙打開我心的房間
若你失眠，請不要數羊
靜靜望著彼此的眼睛
就能遇見每一次天亮

夜登象山

電梯升降，開啟夢的房間
你是一隻輕盈的大象
睡在我緩緩上升的指尖

冰淇淋小情歌

我睡在宇宙裡一方
結霜的小房間

夢見自己是一球
百香果小行星安靜旋轉

我聽見光年外愛的播報
你是一枝脆皮甜筒讓我脫離軌道

接住我，在融化之前
七彩脆米流星雨劃過天邊

輯三

物事

浴室五帖

一、鏡子

洗澡的時候
鏡子起霧
是故意的嗎鏡子
還是你也不想讓我照見
你的心事

二、牙刷

我抓住你的把柄
你卻開始刷洗我了

那些不敢說出的公理和正義
在一團團泡沫中
變得潔白清新
旋即被吐進水槽裡

三、馬桶

世界縮小成一池水
容納各種不堪的抱歉
濁黃顫抖的誓言。緩緩起身
抽出一張張蒼白的時間
沖水時隱約瞥見自己的臉
就映在裡面

四、蓮蓬頭

流完冰冷的眼淚
才擁有生命的熱源
不管是否高高在上
只要謙卑低頭，便能看見
全裸的宇宙

五、梳子

你順著我的髮線
讓毛燥的思緒柔軟且服貼
而你矗立著的一千根
呆直的單戀，就讓我的頭髮
為你梳過，偶爾顛簸

以我輕微的疼痛
與你繾綣
為你坦言

廚房之一：冰箱

在你飽足之後
我是一方生病的胃
熱量在此暫存
無法消化
保持低溫

我在黑暗中分辨
話語的生熟
接納所有冷的事物
彷彿冬眠

什麼時候才會打開我呢
你的飢餓讓宇宙發光

所有星星都會回來，我知道
你還不忍心把我看穿

廚房之二：瓦斯爐

成熟的諾言來自於
懷疑的火的試煉——
一枚旋鈕，等待命運切入
藍焰旋繞起舞
搖晃如升溫的意志

頂上有風，抽走多餘思想
你的自尊不容過問
逼近純粹沸點
劇烈危險

（這人間巨大的煉爐啊
欲望在裡頭永不煮熟）

就這樣翻滾忍耐直到疲倦直到有人
走進高溫的夢裡洩漏重生的瓦斯

長頸鹿

世上最遙遠的距離
是一條頸子向前延伸
往上拉長，穿過灌木
穿過樹梢穿過雲，穿過榮光與幻影
一顆地球在腳下，小小
一個小小的我被遺忘

似我非我，似忘非忘
你的皮膚複印了我的斑紋
大地在我們體內流過水聲
當頸節堆累了年歲的重量
拉長時差，孩子，是你讓我彎身傾聽
聽你心裡一個柔軟的我

正謙卑地收起前腳，併攏靜坐
聽你的祕密聽童年的風吹過草芽
相視微笑，讓你帶我一起奔跑

瓢蟲與雛菊

所謂相遇不過是
一粒漂浮在宇宙的星星突然
有了引力，擦過透明大氣
發亮、轉紅，漸小漸圓
高速墜落

輕輕，讓你看不見我
落在你純白的夢裡（不要翻身
不要甦醒）我帶領整個宇宙的心跳
只在你身上留下
輕輕的搔癢

（當我打開翅膀
就變成火花）
（讓你誤認，我只是一朵小小
流浪的花停在你心上）

孤獨的指紋

對於你，我是一方透明玻璃
底下有顆跳動的心

儘管你料事如神
世界不改殘忍

我們終究是兩枚
孤獨的指紋

小記：

二〇一三年六月推出的iPhone 5S首次加入指紋辨識新功能，手指一按就能解鎖，不必再輸入密碼，為手機電子錢包等功能鋪路，安全性更升級。

遊樂園之一：咖啡杯

走進一只咖啡杯
我們微笑，相視對坐
壓上安全鐵桿，預防
真心話失去平衡
巨大的底座順時針旋轉，此刻
逆向轉動中間的黑盤
尋求快樂就會有小小負擔

杯座上的人生移動交錯
有時接近，有時分開
旋轉的杯子裡兩人坐定
與他人保持距離

在遊戲停止之前
練習不因看清對方而感覺頭暈

遊樂園之二：雲霄飛車

請摘下眼鏡，繫上勇氣
滾輪煩躁發出擦音
由此到彼，上軌而扭曲
飛過一段髒話的距離
時間下墜，旁人總是錯過我們
小小的尖叫聲

能停留多久呢
穿越光影，風速的眼神如
飄浮在心頭的祕密輕輕
我看過了整片天空
來不及對你說
誠實就被拋在恐懼之後

黃金葛

萬片綠心垂掛空中，一把利剪
肢離祕密的負重。我需要
輕盈的疼痛與孤獨，離土
入水，返回生命的最初

記憶金黃啊終歸斑駁膚淺
群書之上，我占領一方安全的陰影
睡眠、呼吸，伸展青青的憂鬱
不至於矯情

在我細密交錯的管脈裡
血液純白且毒，無人知曉的

思想兀自流動，漸染灰塵
等待有人撫拭我身——

是的，我也曾努力向外
向外打開嫩薄透亮的心。只是根鬚
膨脹軟爛且持續纏繞，綑綁青春在一隻
謊言沉浮的羊乳瓶裡慢慢變老

鳶尾花

午後有風，光影搖曳
一幅畫布延伸了幻覺
一束鳶尾，喚醒獨居的疲倦
我的憂鬱是一片藍綠色波浪，潮來浪往，湧進春日的精神病房

我知道生命會消逝，綠葉
纏捲舒張，囈語沿根莖上升
為了呼吸而綻放
我的夢是一座熱鬧的庭園
陽光雨水，點點灑在花瓣上

反覆輪迴，日升
月降，風穿過窗縫輕拂髮梢
想起一首藍色的歌
歌裡有鳶鳥藍色的尾羽，光在前方
我還有一點時間可以飛翔

欣賞梵谷〈鳶尾花〉畫作有感

金針花

我是忘憂星系裡一顆
工作超時的星星，睡著翻身
掉下來：不想回家
我要在你的夢裡賴床一下

洞的遊戲之一：籃球機

遊戲開始，霓虹燈亮
一張無法填滿的網
多，要更多，扣腕，抛投
刷籃進洞，不容分秒暫停
分數上加累積，多，還要更多
我以恆久的練習拋轉因果於神的手中

向前凝望，一面黑色斜坡
之上，無所謂善惡分別，進攻防守
神聖發光的欲望之洞，左右來回
上下移動，吸納崇拜眼光
不許猶豫徬徨，一關一關，快要更快
付出的努力都將回來——

我是命運的神射手，面對自己
在無人知曉的輪迴之中
佔據某一角落，心志堅定
不容合作，我以為成功是如此單純容易
一整排投籃機，堆累前世今生未了心願
每一個我都專注屏息，漸漸恍惚疲倦
拋投成癡，神乎其技直到分數飆升直到
最後一秒，旋即無聲歸零……

洞的遊戲之二：夾娃娃機

童年是一枚十元硬幣
匡啷投入一方透明壓克力箱
冒險結束，愛麗絲與娃娃相互堆疊
睡在彼此相遇的那天

一個夢幻安全的小房間
阻絕算計與搶劫，硬幣碰撞
小小的貪婪與純真
僅只一牆之隔，一次一次
我在愛麗絲兔子洞外頭
操縱現實的搖桿，左傾
右壓，向娃娃伸出魔爪——

戳擠，甩擺，前推後翻
瞄準始終落空，偏斜才是正道
洞口三角是致勝寶地，反覆逡巡
比做夢還謹慎小心

兩場夢境，一拳重擊
燈管明滅閃爍，在擁擠的黑暗之中
與娃娃並坐對視，猛然驚覺
自己被收進一個更大且不再打開的箱子
潮濕發霉，遺忘了冒險的入口……

洞的遊戲之三：打地鼠

當頭棒喝不過是
一根娛樂的棒槌以寡擊眾
殺一無須儆百，地鼠不死
我亦苟活，以肉身氣力之消耗
迎來更多幻想的敵人

伸縮自如，無嗔無恨
那僅能短暫容身而無法
立命安身的無底黑洞，聲東
不能擊西，塑膠地鼠探頭微笑
給我忐忑的快樂與煩惱

重層疊影，無法消滅殆盡的
每一個過往的自己，在內心深處
共享同一影子，並且自我複製
真相難以洞悉，用力打擊直到人潮散去
樂園熄燈，那分布四處的神祕孔洞
超越時空，暗中接續串通感應
下一場隨機而虛實難辨的人生遊戲……

輯四

今晚我躺在鐵軌

青春超人特攻日記：超人男孩

警鈴響起，我聽見線上
有一萬種求救訊息，但它們都來自
同一個熟悉的聲音。一方螢幕多彩眩目
讓我穿越現實與虛擬，向怪獸揮拳
忘掉疲憊，血液再次洶湧沸騰
搏動久未甦醒的感官：
一雙千里眼鎖定低等獵物
一對順風耳預知血光之災
神之十指於鍵盤交錯跳躍
雲端摩擦生電，降下轟雷
照亮心底潮濕的房間

有人給我一雙沉重的肩膀，告訴我
想要飛必須先學會低下，學會
同時背負他人幻想的行囊直到我
扛不起自己的憂傷——
一顆眼淚是一次失敗，這世界
無須向前，如果出發是一則謊言

此刻，我已經全副武裝
在小小螢幕裡與魔獸爭霸
我的名字在封神榜，我的金幣
在任天堂；不斷攀升的level成為
無上的力量，像擁有不死之身——
一張藏寶圖裡埋有希望，我用買來的點數
換取廝殺的招數，不會失去一滴血、
一滴淚；我是自己的超人
螢幕如鏡，反彈求救的回聲

青春超人特攻日記：超人女孩

五彩光球旋轉迷濛，連續重低音
撞擊每一個跳躍的夢。我知道拯救他人
得先拯救自己，如一句古老的叮嚀：
「溫柔作防禦，緘默當武器」
世界和平就在這裡——

煙霧瀰漫，一彎小小的舞池
載滿沉重的青春與心事
我們不認識彼此，卻能透視
每一雙眼睛裡細薄的寂寞
被濃厚的假睫毛蓋過。我們以酒精
相互指認，用最新的智慧型手機

增長智慧，無須打擊犯罪
此刻的正義是全然的黑

午夜十二點，沒有一個灰姑娘必須回家
白雪公主還躺在遙遠的童話。我要
點亮眾人眼光，華麗變裝
蹬上高跟鞋，畫好眼線跟著音樂
飛天，遁地；我的超能力是我的
抵抗力，模糊的明日在此凝聚成
一粒粒結實的重低音。蹦
蹦蹦，四面隔音牆悄悄隱形——
我在這裡，在宇宙安全的中心
展現自己超人的特技

如果我們都不再挨餓

——致不知名的非洲兒童

這麼晚了我還是坐在電腦桌前，看你們
坐在影片裡，撥弄沙土但非遊戲
有時遠望藍天，有時側睡
彷彿等待一場夢的寄生——
一場恐怖的夢散落在死神走過的道路旁
等祂回頭拾起，用來換取下一批制式的同情和
單一的風景。龜裂的土地無法長出優良作物
只剩傳聞中的絕育種子、樹薯和瘦癟的果實
供果腹。一根根突出的肋骨與手臂是最好的
防禦，用來恫嚇文明、炮火與理想主義
我試著區分每一張臉，揣想年齡與性別

想知道你們的名字，在心裡逐字默念
但可能已不需要這些枝微末節

也許此刻，在那些遙遠的實驗室裡
有一堆破碎的基因，無數串ＤＮＡ密碼
等著被重組連接，用來適應文明與人類
（如草莓擁有北極魚的抗冷基因，番茄
能夠承受重擊）那些原始的作物
是否也能被植入優良的假基因
然後量產、銷送，餵飽空洞的眼神以及
不斷翻新的人性。我想大膽和你們聊聊
生活與生存，兩個簡單深奧的名詞
如兩個迥異的世界：你們在那邊
我在這邊，有些信念卻常讓我們跨越邊界

其實我們都在跨越邊界：
探問真正的生命與死亡，追尋
永恆的公正、依賴與信仰
你們緊緊地閉上眼睛，無語掙扎
我不忍直視，卻又不得不凝視
因現實扭曲的價值、理想與未竟的夢
無須武裝便能打仗，也許這就是世界
隱含的包容與堅強；我們練習
微笑面對每一天，不輕易遺忘與掉淚
不隨便施捨也不隨便接受
施捨。如果我們還有意志
如果我們都不再挨餓

小記：

為了妨礙農民購入基因改造種子後自行留種，跨國公司積極地研究開發「絕育種子」，使種子失去自我延續、繁殖後代的功能。「絕育種子」除了加深農民對跨國公司的依賴外，還會使無力負擔每年購買新種子的貧窮農夫陷入生活困境。此外，透過花粉傳播，絕育作物也可能汙染其他農作物，使其失去繁殖的能力。跨國農業生物科技公司孟山都已向全球七十八個國家申請這項「絕育」技術專利，但因受各方意見不同而終宣布短期內不會發展此技術。縱使如此，孟山都透過基因改造技術壟斷市場的企圖已十分明顯。

剩下

許多蒼蠅流浪而來
天橋下一個世界逐漸縮小
一件破棉襖　一隻藍白拖
三罐空酒瓶裝著記憶的煙蒂
所謂現實是不是就在夢裡

誰的鞋跟敲響了我的呼吸
越來越近，還沒到達便遠離
我不知道如何和高樓一起
抽長，在逐漸降溫的底部
輪胎和落葉拓印自己的紋路

沒有人寫信給我，有人
風速擦身，短暫的眼神如車疾駛
所有的辨認是無須辨認
我遺失未來的地址

就這樣撿了一地的笑聲試著
取暖，事件尚未開始便結束
我在這裡小聲怒吼卻聽見
世界正咬牙顫抖

終究我不過在等待一種姿勢
一種無法練習卻簡單的遺忘
若有什麼已經完成或
被完成，都別告訴我
當影子滑過一天又一天

我會繼續和地磚說話
用那種只有自己懂得的語言

女巫的召喚

——走向北投溫泉鄉

就這樣一直往前
走過地熱谷、瀧乃湯、天狗庵
沿著紅布飄揚的方向，頷首
走向凱達格蘭，女巫的召喚

穿過朦朧的白霧
依循硫磺的刺鼻氣味，往上
看見淘金的荷人、採硫的日人
以及種植大小故事的農夫
如一張圖，如女巫掌裡蔓延的紋路

是誰，驚擾了山裡的寧靜
一爿酒意瀰漫的明亮小店
藝妓正輕輕旋舞，哼唱古調
咿咿呀呀，像女巫施下的咒語
悄悄地，癱軟男子淨白的身軀

循著更遠更深的聲音，再往裡頭
行進，像族人面向河流或海洋
備置酒與犧牲，禱念著闔家平安、
風調雨順，陌生的番語繼續說著
不需翻譯的禱詞，我們唱著祖先的歌

是這樣一直唱著的
在風月夜，在豔陽時
每一塊溫泉流過的土地

每一段曾被記述的時光
我們靜靜地守著，輕輕地唱

就這樣一直往前
穿過朦朧濕熱的白霧
一位老者駝著嶙峋的記憶
晃顫地走向母親溫柔的懷裡……

小記：

北投原為平埔族中凱達格蘭族所居住之地，而「北投」地名由原住民語Patauw而來，即「女巫」之意。

馘首，古時凱達格蘭族每年農曆八九月收成後，會立竹竿綁紅布（謂之插青），紅布飄揚的方向，逢外人必殺。取其首級而返社寮，再將首級去肉留骷髏，置於社寮或公廨上祭拜。

看牙記

——一個病患島民的心聲

那天下午我躺在手術床上
醫生戴上乳膠手套，叫我張開嘴巴
像一名熟練的竊盜
告訴我，這顆被憂慮蛀蝕
這顆因猶豫而突出搖晃
他取出一枝口鏡
照見我的不安、逃避與骯髒：
「再不拔，其他牙都要遭殃」
偷走智齒後，他給我留下傷口
和一團簡單柔軟的止血綿紗
我知道這是好的，他讓我無法說話
無法解釋，無法順利咀嚼一切耐磨之物

就像你，善於若無其事地等待
我的來臨，我們必須以此相互威脅
如同宿命，卻仍懷有各自的理想
你曾餵我謊言的甜、眼淚的鹹
無所謂的苦和難以啟齒的酸
我不願刷牙，讓口腔布滿
生活的菌斑，以殘渣拼湊故事
用苔痕證明歷史。我要記得
每一種味道，如同我不願遺忘
輕巧的誓言與理想
此刻我要求領回智齒
純潔的白紗包裹一粒褐黃骨肉
一個嘗過革命與信仰的小宇宙
上頭殘留絲絲愛恨，無法還原——
我要學會放棄最初的清白
卻不能忘記要繼續冒險

時間在我隱密的齒縫埋下炸藥
告訴我，這是無聲的戰爭
讓我學會危險的自傷與傷人，認識
全新的代價與平等
如果我們之間，還保有連繫
必須預約未來，再次相遇
請給我一個能夠康復的理由
讓我能滿懷勇敢與信任，獨自躺平
像一場單純原始的活人獻祭

今晚我躺在鐵軌

——記二〇一三工人臥軌事件

今晚我躺在鐵軌
像一名士兵臥倒壕溝
我用我的肉身抵抗
一整列火車的準時欲望
對不起，這與你無關
但能否向你借來一點點偶然
讓我不再錯過，與誠信握手
且能分辨冷靜與暴動
可我沒有時間了
我沒有槍枝和子彈
請容許我蓄積小小的
希望與恨，在心裡安靜點燃

月台射來斥罵的流矢
四周有手機窺伺

今晚我躺在鐵軌
仰看眾人模糊的臉
握緊同伴的手就可以穿越
下一個無用的誓言
我在城市的地底
以恐怖和無理之名佔領新聞版面
讓更多無關之人臥倒沙發
在電視機前，以眼神踐踏
你不會因此感到無聊
但我已經沒有時間
遠方開始有人引燃兵燹
錯埋文字的炸藥
如果有天我忘了自己曾躺在這裡

你會幫我記得嗎
鐵軌向黑暗延伸，沉默且冷
一列火車開往何方
我們仍未抵達……

小記：

二〇一三年二月五日晚間七點半，關廠勞工因不滿勞委會以〈紓困補貼實施計畫〉之變相施捨與告訴，臥軌台北車站第三月台。十六年前許多工廠紛紛惡性倒閉，積欠工人薪資與資遣費，隨即捲款逃往國外。許多工人失業後家計困難，勞委會提出之〈促進就業貸款解決方案〉反而使工人從債權人淪為債務人。有旅客因火車誤點而大喊：「拖走！開車！輾死他們！」

我只是一隻黃色小鴨

溫暖水面上，你微笑的倒影
閃現在七彩泡沫間。我們一同
洗淨身體，長大，然後游出浴缸
為了漂浮而捨棄自身重量
讓陌生的眼光充飽我們單薄的皮囊
並學會搖擺、展示

快樂是模仿，愛是忍耐
讓我幻化無數分身
看不見看我的人（真的
還假的）簡化冗餘之表情
便能鎖定遠方商機，忽視自己
亦無須前進

一個關於美好的詞彙：ＰＶＣ
冰冷港灣裡，我廉價的微笑易於塑形
善於扭曲，用隱微的毒性
無聲牽動一串串幸福擁擠的鏈結直到有人
終於感覺疲憊

唉。我只是一隻黃色小鴨
縱使得寵，仍孵著偉大的夢——
如果有一天我游出這巨大浴缸
遇見真正的風與海浪，練習閃躲
這良善的世界是否
依然捨不得讓我沉沒……

油不知道自己可以怎麼黑

油不知道
自己可以怎麼黑。當花生
離開地底，他才發現太陽
不住在太陽餅裡。當橄欖
告別橄欖枝，迎接的只是
靜靜搖晃的影子

漸漸暈眩。油還是不知道
自己可以怎麼黑，但他記得
太陽有黑子，不妨礙發光的本事
讓花生和橄欖平安長大
一個比一個更加善良

啊，可惜這並非故事結尾
有顆心比黑子更大
更黑，住進花生和橄欖體內
讓他們忘了最初的家，讓油知道
自己終於也可以變得狡猾……

錯覺的旁邊

今夜，南方有火的玻璃
漸次反射死神的眼睛

不要看見。高速的碎石是錯覺
屋頂上丙烯瀰漫的夢，是錯覺

一條莫比烏斯環向下凹陷
紅綠燈傾斜自己：往憂傷的旁邊

眼眶的旁邊，蒸發錯覺
看見島嶼的角落，路都來了

都來了，更多隱形的管線
以義氣相互串連——
不捨而珍惜，遠方的路燈點亮
一盞一盞，記憶的眼睛

寫於二〇一四年高雄氣爆事件後

賭神

時間的碗公裡，一粒骰子
匡啷啷迴旋著命運的軌跡
我用僅存的籌碼
押注全宇宙的「我相信」
賭徒們凝神互望
眼裡有同樣的黑洞吸納
挫敗的光。我知道人生是一場
固執的賭局，穿過煙圈我飄然升起
閉眼沉思，像一位不死的賭神——
啊，一張發亮的撲克牌在我指間
翻了又轉，我熟稔花色、術語
暗藏心機的眉峰與唇形；我擅長推演
輸贏的邏輯，深信

賭注的目的乃為了
更大的賭局。我是撲克牌上一朵
染黑的梅花，結出一顆顆顛倒的黑色心臟

（最好的時刻
還沒有到來）
一粒鋼珠跌入輪盤反覆彈撞
用勝利拔高的呼聲隱忍
驕傲的挫傷。這是賭注
賭一局終將歸零的超標分數
小小鋼珠在目光下追趕誓言
躲過謊言的洞
卻逃不出時間的迴圈……

（那可能是最壞的時刻
也還沒到來）

撲克牌抽洗著自己
打亂了預言的順序——我看見
一粒骰子在時間的碗公裡
旋轉、遊戲，重複著光影的舞蹈沒有
目的地，一場只有自己的夢境
眾神的籌碼都是多餘

找

閉上眼
我是彩虹隊伍中
一枚透明的骨牌向愛跌倒

祕密廁所

世界最光亮的地方莫過於
一間廁所，衛生紙藏起忍耐的痕跡
謠言尾隨影子疲倦暈眩，越走越輕
辨識牆上同樣單薄的族裔——
淺藍長褲，粉紅短裙
三張臉面無表情，共同遮掩
歷史下半身的祕密
意外交會在我歧義的身體

我知道萬物的排泄與清潔
總是同時發生，正如拖把、水桶與鐵夾
在此有了全新的功能
陽光恍惚離開小窗

鏡子沉默爬滿水漬
難以照見眼淚的真相

我打開一扇潔白的門
安置自己，還有一點時間
可以在此存放祕密
當我埋頭抱膝，我便擁有一種防衛的姿勢
在許多遙遠的廁所裡
和一群失語的人蜷縮蹲踞
聽見恐懼被捲入渦流的聲音
隱隱共鳴，在地下水道安靜蔓延
孳生黑色的細菌

而我終究是乾淨的。
有禮地經過粉藍與粉紅，敲敲門
重複熟悉的動作；我知道有一天

他們會交換更多衣服，混搭顏色
他們會在世界某處微笑牽手
就像我知道有人會在外面等我

邀請函：雨滴的旅行

讓我進入雨滴，從天而降
在空中邀請每扇窗裡的孩子
關掉視窗的魔獸，放下滑鼠
同我抵達森林最高的杉木
滾落枝葉如敲打鍵盤，也許引來樹蛙低鳴、
小鹿分心，此刻交換誠實的眼神
岩石上一隻蛞蝓留下山林的指紋

無須繁複辨認，任選一條支流
都會到達同一個出口。陽光灑落
河面閃爍如一張捕夢的網，偶有急湍
看見鯝魚逆游而上。下游的稻農
彎腰以稻苗種植生活，無須言語

讓風帶著汗水輕拂海濱，閃過煙囪與消波塊
潛入海裡，學習海草的柔軟、
水母的輕盈，跟隨潮汐漲退呼吸

沒有什麼在天涯海角，就是這裡
血脈相連的海洋與山林，母親的聲音
包裹在每一顆雨滴裡。再次從海面蒸發
凝結成雲，落下晶瑩的承諾
重新遇見雨裡的自己，看見島嶼
因彼此善意的折射而彎起虹霓

—後記—

時光的水霧

從礁溪洗完溫泉，陰雨的列車裡，感覺自己是一粒潔白拋光的溫泉蛋，冒著熱煙，有一種滿足和溫暖。靠著車窗，耳機裡傳來張懸清淡的嗓音：「深深的話要淺淺地說／長長的路要揮霍地走／大大的世界要率真地感受／會痛的傷口要輕輕地揉……」

我想起那遙遠的自己，在國中最末端緊鄰樓梯的一間教室，悶著汗，趴在座位上，視線穿過暗褐色菱形的鐵窗格子，望向中庭、抬向天空，在雲霧捲繞的山巒背後，是怎樣的世界呢？那是印象中第一次感覺深刻的茫然，什麼話也說不出來，只能恍神發愣。

那時或許正準備著作文集訓，每周完成一篇比賽的命題練習。書也沒讀幾本，倒是抄了不少華麗佳句。像一個孩子試穿繡滿亮片、車工繁複的陌生禮服，顧影自憐，還自己打了聚光燈。想來呆澀，卻也因這一點點好奇與勇氣，讓我開始了文字冒險，打探更多黝深的礦坑。我人生第一首詩，正是寫於國中時期，一尾在餐桌上被刀叉切劃的煎魚的心聲。內容生嫩，不忍卒睹，但我能清楚記得當下寫詩的心情，一尾迷航的魚受困捕網，爸媽不知去向，眼淚消失在海洋，扭動掙扎，驚懼心慌，嘩啦啦被狠狠地拖拉上岸。一刀刀刮除鱗片後入鍋油煎，張著嘴，看不見血的顏色。

那竟像是研究所漫長的六月。師長朋友詢問詩集近況，我卻昏倦懶散，無心於此。百葉窗間細窄的縫，透出長而柔軟的光的絲線，由白漸黃，再由金變藍、轉黑，慢慢地把我綑綁。我蜷在床上靜靜望著，望著望到眼睛痠澀，彷彿就忘了。天花板上有蜿蜒的裂痕，不知從何開始，從何結束。像六月一樣卡在中間，裂不了，又好不了。這樣日夜輾轉於枕被，像一隻擱淺的魚，艱難地張口閉口仍堅持游到蒼白的海域。轉眼醒來時空錯亂，精神奕奕卻軀體乏力，是用意念在撐，在乾沙上殘喘。感受到內在一點一滴流逝，像潮浪捲去記憶的沙，留下一個個凹孔，碎散分離再也不回來。我感謝這樣的日子，誠實地衝撞無助與孤單，自己把自己消音。我創造，我徘徊，我躲藏，我穿越。是善良的天使輕撫我額頭：心裡還有些瘀傷，但一切會好。我可以靠自己，我有更好的說法。好好吃飯讀書，好好睡覺，好好散步。練習擺脫自造的纏擾與依附，變成一朵雲……

是年底整理詩稿，精神稍稍恢復，彷彿重遇青春期的高溫能量。從建中體育館上完游泳課出來，裹著一身消毒水氣味，頂著豔陽，腦中浮現某個句子，反覆推敲，雕磨，縮短又延長，思緒往復之中，整片操場捲起了褐黃沙塵，一波波翻湧而來，沙粒與草莖搔刮腳踝，我獨自穿越這小小風暴，視線迷茫卻含光……

這本詩集收錄高二到研究所的創作，約橫跨九年的時間。作品重新打散編排，意外發現每輯的數量頗平均。奔忙的日子裡有文字相伴，是幸福的事。只是偶爾對自己感到慚愧，詩的沉澱、包容與留白，像一種境界與修養，而我卻仍在詩之外跌撞擦傷。重讀過往詩作，悲喜交雜，波折起伏，近來我漸漸期許自己，保持輕鬆樂觀、清明寧靜的心境，儘管記憶的皮膚沾黏毛屑粉塵，前世或今生，我提醒自己覺察這微微的刺癢，是如何一層一層蒙蔽了澄亮的本心。若說詩是試圖穿越被假象包裹的迷障，深抵事物發燙的內核，那麼人生不也像一段寫詩的解謎歷程

——發現祕密原來在自己身上？

世界是一場虛擬的遊戲，聲光燦爛，欲念起落，玩家們爭先恐後向前衝刺，掉入一個又一個深遂的迷宮。詩有時讓我感覺，儘管路途蜿蜒，誘惑重重，只要對自身真相的探索不停止、不執著假我布置的魅影幻覺，我們就在慢慢靠近一個美善的地方。詩作為一種溝通的媒介，並不真正抵達萬物自身。我相信萬物本自俱足，清澈的答案只有從內在探求，才能看見。寫詩或讀詩是一種取捨的練習，那更像某種生命隱喻：不沉淪，不耽溺，我可以賦予詮釋，也能夠輕輕放下。那樣的輕巧與優雅讓我十分嚮往。只是這過程必然布滿霧霾與棘刺，在難以捉摸的狀態中，或許疲憊，或許暈眩，但我們確實經歷過、留下了些什麼。只是遊戲結束，我們終究無法帶走，世間萬物我們並不真的擁有。

啊，有時想得深，話就說不清楚了。別忘了自己是一粒簡單而飽滿的溫泉蛋呢。生活光影迷離，有時耍賴調皮，無知犯錯，我慶幸自己總是受到眷顧。謝謝陳育虹、陳義芝、渡也、凌性傑、吳岱穎老師的推薦，謝謝美麗的蘋芬寫了如此溫暖而珍貴的序文。謝謝編輯佑驊細心的聯繫與建議。謝謝打鬧笑談、支持陪伴的朋友。故事未完，冒險待續，詩意是一瞬偶然的回望，在時光朦朧的水霧裡，還有小小的光點，靜靜守候，不曾熄滅。

作品繫年

•二〇一〇年

控制

在世界傾斜之前

吹泡泡

未封情書

•二〇一一年

無聲的催眠

剩下

如果我們都不再挨餓

一隻變色龍的末日手札

乒乓練習

● 二〇一**五年**

佔位

找

廚房之一：冰箱

廚房之二：瓦斯爐

長頸鹿

瓢蟲與雛菊

鳶尾花

● 二〇一**六年**

變色龍畫家

祕密廁所

金針花

洞的遊戲之一：籃球機

洞的遊戲之二：夾娃娃機

讀詩人115　PG1997

無聲的催眠

作　　者	詹佳鑫
責任編輯	徐佑驊
圖文排版	周妤靜
封面設計	葉力安

出版策劃	釀出版
製作發行	秀威資訊科技股份有限公司 114 台北市內湖區瑞光路76巷65號1樓 電話：+886-2-2796-3638　傳真：+886-2-2796-1377 服務信箱：service@showwe.com.tw http://www.showwe.com.tw
郵政劃撥	19563868　戶名：秀威資訊科技股份有限公司
展售門市	國家書店【松江門市】 104 台北市中山區松江路209號1樓 電話：+886-2-2518-0207　傳真：+886-2-2518-0778
網路訂購	秀威網路書店：https://store.showwe.tw 國家網路書店：https://www.govbooks.com.tw
法律顧問	毛國樑　律師
總 經 銷	聯合發行股份有限公司 231新北市新店區寶橋路235巷6弄6號4F 電話：+886-2-2917-8022　傳真：+886-2-2915-6275

出版日期	2018年6月　BOD一版
定　　價	220元

國家圖書館出版品預行編目

無聲的催眠 / 詹佳鑫著. -- 一版. -- 臺北市 :
釀出版, 2018.06
面； 公分
BOD版
ISBN 978-986-445-258-3(平裝)

851.486 107006440

讀者回函卡

感謝您購買本書，為提升服務品質，請填妥以下資料，將讀者回函卡直接寄回或傳真本公司，收到您的寶貴意見後，我們會收藏記錄及檢討，謝謝！如您需要了解本公司最新出版書目、購書優惠或企劃活動，歡迎您上網查詢或下載相關資料：http:// www.showwe.com.tw

您購買的書名：____________________

出生日期：_______年_______月_______日

學歷：□高中（含）以下　□大專　□研究所（含）以上

職業：□製造業　□金融業　□資訊業　□軍警　□傳播業　□自由業

□服務業　□公務員　□教職　□學生　□家管　□其它_____

購書地點：□網路書店　□實體書店　□書展　□郵購　□贈閱　□其他

您從何得知本書的消息？

□網路書店　□實體書店　□網路搜尋　□電子報　□書訊　□雜誌

□傳播媒體　□親友推薦　□網站推薦　□部落格　□其他_______

您對本書的評價：（請填代號　1.非常滿意　2.滿意　3.尚可　4.再改進）

封面設計____　版面編排____　內容____　文／譯筆____　價格____

讀完書後您覺得：

□很有收穫　□有收穫　□收穫不多　□沒收穫

對我們的建議：____________________

____

____

____

請貼
郵票

11466
台北市內湖區瑞光路 76 巷 65 號 1 樓
秀威資訊科技股份有限公司 收
BOD 數位出版事業部

....

（請沿線對折寄回，謝謝！）

姓　　名：________________　年齡：________　性別：□女　□男

郵遞區號：□□□□□

地　　址：____

聯絡電話：(日) ____________________ (夜) ____________________

E-mail：____